MÉLANGES POÈTIQUES

EN

FRANÇAIS ET EN NIÇOIS

PAR

François Guisol et Jules Bessi.

« Écrive qui voudra, chacun dans ce métier
« Peut perdre impunément de l'encre et du papier.

BOILEAU.

NICE,

IMPRIMERIE CAISSON ET MIGNON.

—

1868.

Mélanges Poétiques.

©.

MÉLANGES POÈTIQUES

EN

FRANÇAIS ET NIÇOIS

PAR

François Guisol et Jules Bessi.

« Le poète est un fou qui voit le monde en noir...
« A-t-il raison ou tort? — Vous allez le savoir.

J. BESSI.

NICE,

IMPRIMERIE CAISSON ET MIGNON.

—

1868.

Préface-Épitre

À

mon confrère FRANÇOIS GUISOL.

Que veux-tu, cher Guisol, ma muse appesantie,
D'un été sans soleil s'est longtemps ressentie,
Son automne sans fruits n'eut pas de ces beaux jours,
Du peintre et du poète, ordinaires amours.
Mais voici le printemps ; la campagne est divine...
Courons lire Boileau, Béranger, Lamartine ;
Sans ambition, sans luxe et sans orgueil,
De nos vers, de nos chants n'en faisons qu'un recueil.
Déjà mon luth s'apprête à célébrer ta verve,
A chanter Apollon, Bacchus, Vénus, Minerve ;
Pourquoi se tairait-il lorsque dans les déserts
Du sauvage pinson j'entends les premiers airs ?
Maintenant qu'il revient je serais sans excuses :
Les doux chants des oiseaux ont réveillé les Muses !

Déjà Mai renaissant me promet d'heureux jours,
De l'ombre, du plaisir et surtout des amours.
Vois-tu la jeune Églé qu'entourent ses égales,
Ses sœurs pour la beauté, mais non pas ses rivales,
Courant de l'un à l'autre, admirant leurs couleurs,
Suivre les papillons, les ravissantes fleurs?
A tes goûts, comme moi, tu resteras fidèle;
Mon astre, ami du tien, vers les champs nous appelle;
Mon aimable François, sitôt que tu parais
Ton seul aspect m'apporte et le charme et la paix.
La paix, c'est le bonheur!.. Ecrivons sans systèmes,
N'allons pas, sans vouloir, la troubler dans nous-mêmes;
Ce trésor sur la terre est un immense bien
Qui nous charme et nous plaît, car sans lui tout n'est rien.

Heureux cent fois l'artiste, épris de la nature
Qui la voit, comme toi, belle, charmante et pure!
Nous irons contempler les fruits et les moissons
Nous relirons nos vers, et nos douces chansons
Dans un jardin quelconque, assis sous un vieux hêtre,
N'aimant que notre Muse et notre divin Maître...
O pauvreté tranquille, ô véritable bien,
Heureux, cent fois heureux le mortel qui n'est rien!!
De moi; mon cher Guisol, accepte cette épître,
Poètes tous les deux (c'est notre plus beau titre),
Ne craignons pas les sots, ces fameux détracteurs!...
Nous aurons nous aussi de grands admirateurs,
Tout dans notre pays abonde en ridicule,
Bien des fois le progrès loin d'avancer recule...
Poursuivons le chemin qui mène à l'Hélicon
Puisqu'à bien composer nous possédons le don.
Je finis, cher poète, en disant à la ronde,
A tous les rimailleurs dont notre ville abonde:
« Tous vos efforts, ma foi, ne sont que superflus,
« Beaucoup sont appelés, mais très-peu sont élus. »

JULES BESSI.

CHANSON

FAITE A MARSEILLE

Contre deux Niçois qui blâmaient leur pays.

—

Air d'Eugénie.

Vous qui blâmez votre ville charmante,
Mauvais Niçois, honte et mépris des bons,
En vrais badauds Marseille vous enchante,
Comme un enfant à l'aspect des bonbons.
Sachez, ingrats, par mes couplets sincères,
Que votre ville, idole des Anglais,
A des beautés de nature aussi chères
Que l'opulent pays des Marseillais.

Commençons donc du Var les découvertes :
De tous côtés, même au gros de l'hiver,
Jardin fleuris, campagnes toujours vertes,
Climat fecond, beau ciel et douce mer.
Jusqu'au Pont-Neuf, nouvelle Guillotière,
Chàlets, Villas, Pavillons et Palais.
Oui Nice vaut, quoique sans Cannebière,
Le juste orgueil de nos bons Marseillais.

Voyez aux monts ces campagnes brillantes,
Les fruits, les fleurs se montrant à la fois,
Et ces maisons, toutes jardins de plantes,
Logeant des lords, des princes et des rois.
Le vieux Château qu'on découvre et regarde,
L'illustre sol du plus grand des Français,
Vaut, je crois bien, la Dame de la Garde,
Et le Long-Champs de nos bons Marseillais.

Examinons ; passons bien nos revues :
Voyons Terrasse et son vaste horizon,
La propreté des trottoirs et des rues,
Quai Masséna, place Napoléon,
Routes, chemins, pont ; seconde merveille,
Chacun le dit, même les Lyonnais ;
Nice, en beautés, vaut, je crois bien Marseille,
Malgré le non de nos bons Marseillais.

De nos guerriers nous pouvons avec gloire
Chanter Rusca, Bavastro, Liprandi,
Surtout l'enfant chéri de la victoire,
Sans oublier le preux Garibaldi.
Ces grands héros du grand art de la guerre,
Couverts d'honneurs acquis par leurs hauts faits,
Valent, je crois, tant sur mer que sur terre,
Les plus vaillants de nos bons Marseillais.

F. GUISOL.

 VERS

au

General GARIBALDI.

—

O tu, mièu car amic, ch'en tantu lueç divers
De Racina l'enfan, declamavan lu vers,
Oh ! ti rapèles ben dei nuostre bal de Flora
Don dïavan ensem d'una organa sonora :

« *Déjà j'entends des mers mugir les flots troublés,*
« *Déjà je vois pâlir les astres ébranlés;*
« *Le feu vengeur s'allume, et le son des trompettes*
« *Va réveiller les morts dans leurs sombres retraites.*»

Garibaldi, che jeu ti nomi lou Giambar,
Partit doù nouostre pouort en traversan lou Var;
De Gènova sauvat m'ei vestimen de pastre
De montagna en montagna a la ghida dei'astre...
Generous patrïot, coma bouon general
Ch'anan veire en valour de Masséna l'égal ;
Ressève aissì, Pepin, la louangia fidèla
De Nissa e de l'amic che sonaves Monfèla !

F. GUISOL.

CONSEILS AUX AMANTS.

—

Air de Joséphine.

Rien ne retient un cœur qui veut rompre sa chaîne
Rien ne ramène un cœur qui cherche à s'en aller,
On y prendrait, je crois, une inutile peine :
Qu'y faire donc, amants ? — savoir s'en consoler.

Votre Vénus vous quitte ? Eh bien ! faites comme elle :
Cherchez, enflammez-vous pour de nouveaux objets
Et n'allez pas enfin, maudissant la rebelle,
Fatiguer les amis d'inutiles regrets.

Si votre cœur repousse une chaîne nouvelle,
Dites toujours qu'ailleurs vos vœux sont adressés ;
Mais si parfois encor vous pleurez l'infidèle
Au moins cachez-lui bien les pleurs que vous versez.

Cachez-lui vos regrets, cachez-lui bien vos larmes ;
Qu'elle ignore à jamais vos désirs, vos amours,
Si vous êtes encore amoureux de ses charmes
Feignez-lui tendrement que vous l'aimez toujours.

J. BESSI.

LU

DOUI GAVOUOT A NISSA.

Vers comic.

—

Doui serten gros gavouot de damon soubre Grassa,
Mai che lu muou ferrat, m'un capeù plen de crassa,
En fourma de taular dai nuoustre ansien cartié ;
Lou meten che lou giou che non si fa mestié;
Embe doui pan de couol de camia d'estoupa ;
N'haven giamai vieugut che de cougourda en soupa.
Durmit à la feniera e marciat su lu baus,
Per espargnar lu soc, à pen tougiou descaus,
Davan lou gran palai dau paure Astraudo Pio
Che dai bouoi couor acheu de sa frema es lou prio,
Che fa de carità pertout incognitò
E don sau d'indigent li vola daussitò.
Se la mere dei paure es nouostra imperatrissa,
Ela l'es, à gran frés, dai malerous de Nissa.
Si dïon ensem come doui gros badau :
« Vies pa, coupero Gian, acheu pourit oustau,
« M'acheleis hau pontin che semblon de cabano,
« Su d'achelei pourton plus gran che nouostrei tano,
« Tout acò n'aparten de giust e de buon dré,
« En commensan d'aissi giusc au plus luenç endré. »
Un d'achulu nissart ch'an façc lou tour de Fransa,
Che sabon vivamen courrigiar l'ignouransa,

Haven per grant asart, audit acheu discours,
Li di, pican dei pen : pessa de mitan ours,
Gof e rustre suget dau nouostre august arbitre,
Che dau nom de fransés n'haves ch'un poù lou titre,
Che fin lu parisien tratas de fransïot,
Coma s'eron calat de Gouorbi o de Bïot.
Can meme venghessias a faire aissi fortuna
Creirias non estre plus d'una rassa comuna ;
Es ver che d'un ameù, coma d'una cità,
Li poù sourtir de gen de prima raretà !
Ma non dirïon pa coma venès de dire,
Che vautre sias vengut inustruit per n'instruire ;
Don veen cada iver de gen de distension,
De titre, d'or, d'esprit de touti li nassion,
D'on la paisana marcia en broudechin gatusso,
E parla italian, franses, angles e russo.
S'es vouostre tout acò, sensa poù de glissar,
Dintre d'acheu canton anali un poù pissar :
Achi, lu doui gavouot, quach'en fouorsa inabila,
Si veèn doui contr'un, li respouondon me bila :
« Li c...... aussi, meme su lou mità : »
Lou nissart empourtat d'achela saletà,
Sensa visar lou coù, de li sieù doui cougourda,
Nen fa caramboulage à la prima balourda,
Viron tout estourdit, s'assemblon mai dapè,
L'autre encara una fes li tira un prossedè ;
Contra lou piedestal picon toui doui de banda
E la revengia, enfin plus degun non demanda.
Su d'elu sependan arriva à double pas,
Un sargian, non de vila, un vré sargian de Pas,
« Allons ! que faites-vous ? voyons, messieurs les drôles,
« Vous vous battez encor pour de vaines paroles ; »
— Beù mossiu l'aufissié, c'est lui qui n'a piqué.
— Pardonne-moi, sergent, sont eux qui m'ont manqué,
— Ils voulaient tous les deux faire ici des ordures,
— Pour leur en empêcher, ils m'ont dit mille injures ;
— Non ! non, c'est lui mossiu qui n'a traté d'ours blancs.
— Allons donc, taisez-vous, où je vous f... dedans.

Diç acò, lou sargian, en rien fa sa routa,
E lu laissa toui très embe la testa souta,
Lou nissart ai gavouot soufla : anas mai giasar,
Che sias vengut aissi per nen civilisar :
Nen moustrar lou grand art de discourre e de vieure,
Sensa saupre legir che n'ensegnas à scrieure.
Can meme de groussié non n'haighes che la peù,
Li braja, lu soulié, l'abit e lou capeù,
Non creses pas de fin havé touta la seda,
Vouostra finessa en tout, n'es che su la moneda,
De faire un fai de bouosc en fourma de balon
E de gonflar de sac de pigna en escalon ;
Ensin, vou doni avis, en fraire de patria,
Nouastre pere es Louïs, nouostra mere Euzénia,
Partès e revenès en nen toucan la man,
Sighen amic ancuei per toui lu lendeman.
Ensem, tan che vieuren, non haughen plus de rissa,
Nautre, sian de Paris e vautre sias de Nissa :
Criden, criden de couor, viva Napoléon,
Per la Fransa e per eu, sighen aigla e léon.

F. GUISOL.

LA PIPA.

AIR: *Au dieu d'amour il n'est rien d'impossible.*

—

Viva la pipa
Ela dissipa
Pena, doulou, marit imour, malur
Finda l'avaro
Su lu sigaro
Douna lou pas, coma lou bouon fumur.
Coura l'argen manca dintre la boursa
Canten touĝiou non si desesperen,
Per nen distraïre esista una ressoursa :
Fumen, fumen, non nen manchèra ren.

Toui nen fan credi...
N'es un remedi
Che cousta poù, che prefèran au vin,
Plen d'allègressa
Plen de tendressa
Lansan lou fun au nas dei medessin.
Coura fuman sièn dot autan che brave,
Sien amourous... brulan maï che l'infer
Lou dièu doù bouon... ch'au nuoustre cuor si grave
Si fen aimar tan d'estieu che d'iver !

Pipa adourabla
Siès prefèrable
Au pan, au vin, à la frema, à l'amour ;
Ieu ti desiri....
Per tu souspiri
E sieù seghur che paghes de retour ;
O fun divin ! agréable nuage
Tabac urous che tougiou desiran,
En tu trouvan mil e mil avantage
Acheù doù nas non nen plas giamai tan !

La mieu mestressa
Souven caressa
Embe plesi la pipa che carghan
Souven arriva
Che la mieù diva
En mi fuman... mi fa sautar tre fran...
Lou sera arriva, anen toui cambarada
Anen plan plan don si trova lou fun...
Da gran signour tiren doui tre pipada
O che plesì, che gust e che parfun !

Anen, courage
Faghen usage
La pipa en man sensa fasson fumen.
Se non n'engraissa
Iemple la caïssa
Dou debitant e dou gouvernamen !

J. DESSI.

LA BELA BOUCHETIERA.

Er : *La jeune Adèle.*

—

La bouchetiera Isora,
Lou matin à l'aurora,
Com' una giouve Flora
Cueglie lu sieu bouchet.
De sen floù lu composa,
Ma la plus bela rosa,
En plassa la proposa
Au sieù bèu freluchet.

Souta la capelina,
Me la sieù doussa mina
Ressembla à la régina
Dei gioïous més de Maï,
Em' achela courona
D'or, che Cerès meïssona,
Dirias ch' au monde ordona
D'estre amourous e gaï.

Achela bouchetiera
Es tougiou la premiera
D'haver fa bouona fiera
De touti li sieù flou.
Ma su la sieù figura
Dei flou, d'après natura
Li resta la frescura
E briglianti coulou.

Giamai m'un ton de bila,
Li garda de la vila,
La pousson de la fila
D'achela d'alentour.
Afin che non l'afronte,
D'ela nen tenen conte,
Coma s'era d'un comte
La paisana d'amour.

F. GUISOL.

MA PHILOSOPHIE.

Mon cœur, grand philosophe et sage économiste,
Des plaisirs de ce monde aimable admirateur,
Me dit plus d'une fois : « Montre-moi donc la liste
Des choses qu'ici-bas t'assurent le bonheur?
Quels sont les doux plaisirs? — De vrais amis du cœur.
Ton goût et ta santé? — J'aime la tempérance.
Tes plus nobles travaux? — Ma foi, j'écris, je pense.
Tes plus ardents désirs? — Ne pas faire des vœux.
Ton unique trésor? — Ma chère indépendance.
Et ton ambition? — Vivre content, heureux !

J. BESSI.

LI MIEU MUSA E MIEU APOLLON.

En : *O vous qui courez à la gloire.*

—

Vautre rimur sensa energìa,
Ch'imploras per faire de vers,
Lu dieù de la mitoulougia,
E l'astre, rei, de l'univers ;
Tout acò m'esgarra l'aureglia
Maï che la bassa de Carlon ;
Li mieu Musa son li bouteglia,
Lou goto lou mieù Apollon.

Non m'empacia pa de survieùre
L'argen dei pluma e doù papié,
Car, jeu, non sabi ben escrieùre
Ch' embaisseù rasibus peniè.
Achela ancra, non gius de seglia,
Voù mai ch' achela de Milon ;
Li mieù Musa son li bouteglia,
Lou goto lou mieù Apollon.

Perche faire au vent de paraula,
Sonan de Dieu che non li son,
Jeu, n'ai ch'a picà su la taula
Ven, cu m'inspira la reson.
Lou vin de Nissa mi reveglia
Mai ch' Orfèo m'au sieù violon ;
Li mieù Musa son li bouteglia
Lou goto lou mieù Apollon.

Sensa pregà de signerìa,
De souta scrieurc à nen rougì,
E ni pagà l'imprimerìa
Sensa manco mi fa legì.
Créson créar de maraveglia
Digni d'estre su l'Elicon ;
Li mieù Musa son li bouteglia,
Lou goto lou mieù Apollon.

F. GUISOL.

LA FLEUR FLÉTRIE.

Air du dernier baiser.

—

Non, il ne faut plus croire à sa tendre parole,
A ses regards si doux, à ses serments trompeurs!
Il ne m'aima qu'un jour et son amour frivole
Va, comme un papillon, caresser d'autres fleurs.

O vous, rêve doré de mon âme ravie,
Vous ne m'aviez pas dit qu'il devait me trahir.
Courez, volez vers lui, je ne suis plus chérie,
Allez dire à l'ingrat que Rose va mourir.

Dites-lui doucement mes pleurs et ma souffrance,
Qu'il est mon bien-aimé, qu'il le sera toujours ;
Cher amant, tu me fuis, je t'adore en silence,
A toi mon cœur, ma vie, à toi seul mes amours.

.... Mourir, si jeune, oh ! non. Pour une fleur flétrie
Faut-il briser l'arbuste et douter du bon Dieu?
La coupe du bonheur n'est pas encor tarie,
L'ingrat ne m'aime plus.... j'en aime un autre ; adieu.

J. BESSI.

MA MUSETTE.

Confidente amoureuse, ô ma chère musette !
Compagne du pasteur, fardeau doux et léger,
Tous mes moutons sont prêts à suivre ma houlette ;
Allons, marche en avant, je me suis fait berger.
De mon aimable état je prends la noble marque,
Sans que quelqu'un le sache et sans qu'on le remarque ;
Mon village l'ignore : on n'en dit pas un mot.
Pour nous, tendres moutons, on ne fait point de fêtes ;
Aux yeux de l'homme ingrat vous n'êtes que des bêtes,
Et moi, pauvre mortel, je ne suis qu'un Pierrot.
Pour servir un grand prince en ses vastes conquêtes ;
Qu'on reçoive un guerrier, pour lui le tambour bat,
Son nom est proclamé dans le plus digne éclat.
Environné parfois de fortes baïonnettes,
L'autel d'un Dieu de paix voit bénir des trompettes,
Des canons, des drapeaux : instruments des combats.
Pourquoi ne pas bénir les troupeaux, les musettes,
De même qu'on bénit les outils du trépas ?
Puisque tout bon pasteur prend un pouvoir suprême
Sur son peuple bêlant qu'il fait paître et qu'il aime,
      Mais soumis à ses lois,
Quoi, ne pourrait-on pas, comme on dit : Henri quatre,
(De ces fausses grandeurs la vie est le théâtre.)
      Dire aussi : Pierrot trois ?
Laissons, chères brebis aux grands rois de la terre
      Ce trop illustre honneur.
Courons à la prairie : elle nous est bien chère,
      Là règne le bonheur !
De ces titres pompeux mon pauvre cœur s'indigne,
Dans mon humble ermitage heureux et très-content,
Je goûte dans la paix votre lait bienfaisant,
Car, malgré les bons vins, je n'aime pas *la vigne !*

J. BESSI.

LOU REMORS D'UN USURARI.

—

... Degià sembla che veù venì l'affrousa mouort
Che mi ven doù sieu trau signà lou passapouort;
E Mercura volant aprè d'ella ch'arriba
Per mi conduire au bort d'acheli sombri riba ;
Degià dintre la barca embe lou vieil Caron
Passi trist e tounut lou fleuve d'Accéron,
Lou flageton, aprè lou Stic e lou Coussita
E daù cam Elisien, mi debarca e mi chita.
Achi veù !... che d'erò de Roma e de Paris !
Che d'emperour, de rei de tan divers païs,
Lu Cesar, lu Pompéo, Alissandri, Turenna,
Napoleon lou gran e lou famous Massèna !...
Toui lu plu fier guerrié ch'an de touti li mers
Faç e vitourïous la guerra a l'univers ! !
Ch'es ch'ai faç !... o mieù Dieù !... non lou voulii creire,
Ma cad' un mi repoussa e non mi vouolon veire !!..
Eaca, Radamante e Minos tout ai très
Van giugià lu mieù mau, li fauta ch'ai comès.
Tremblant e fremissent d'avan d'achelu giuge,
Lou marrit mi poursuive e la bontà mi fuge ;
Criminel condanat d'achelu giuge affrous,
Mi calon dintre acheu lonc segiou tenebrous.
A pena de la pouorta entendi la tempesta,
Tremouoli d'espavent dai pen fin à la testa ;
Lou remoun dai cadena ai pen dai tourmentat
Mi fan ressenti fouort lou remors dai pecat.

Malerous pecatour che damoun su la terra
Non crésès tant che sias a l'infer che mi serra
Lu baubau redoublat, de Cerbera en furour
Doù Tartare enflamat m'annonson la terrour!
Ven!... mi duerbe en giapan en mi vëen m'arresta,
M'aciapa per 'lou couol d'una dai sieù tre testa,
Mi fracassa en li den com'un enrabïat,
De la sieù doga peù lou pel es erissat.
Ma ch'es ch'entendi tan sublà d'achesta crota?
Son achelu serpent ch'avès per papigliota;....
Che tourment furïous d'achesto soumbre luec,
Ah! laissami plutò gità dintre lou fuec?
Aprocias Alecton, Ticifona, Megèra!
Venemi faire en très dei pata de Cerbèra!....
E lansas en lou fuec lou resta dei cartié
Che brulon toui vivent dintre d'un gros brasiè.
Che devenghon enfin com'una rougia lama;
Soufrissi d'apè vou mai che dintre la flanma;
Non mi courès aprè... m'acciapas... ai! li sieù!...
En lou fuec éternel e bruli tougiou vieù.

F. GUISOL.

LE DÉLIRE D'UN AMANT.

Air : *Mes vingt ans.*

—

Je peux, amis, seul déployer mes ailes,
Je peux enfin voler vers les plaisirs,
Je vois s'ouvrir deux cent routes nouvelles
Dans les beaux champs de l'amour, des désirs.

A mes soupers ce qui souvent m'inspire,
C'est le bon vin et les jolis minois;
Je dis toujours: que l'on verse, on respire,
Et c'est l'esprit, et l'amour que je bois.

Dans cette coupe aimée et séduisante
Ne traînons pas notre faible raison;
Craignons, amants, ce qui trop nous enchante,
La volupté cache un charmant poison!

C'est bien prouvé qu'il est pour un cœur tendre
Quelque vertu, ma foi, qu'il puisse avoir,
Des douces voix qu'il ne faut pas entendre;
Des jolis yeux qu'il ne faut jamais voir.

O chers baisers d'une femme fidèle,
Lorsque je goûte un bonheur aussi doux.
J'entends me dire: ami, Caron t'appelle!
Jeunes beautés je m'abandonne à vous.

Ne laissons pas nos sens dans l'esclavage,
Ne rêvons pas un plus heureux destin;
Un cœur amant est un cœur noble et sage,
Les sens font seuls un triste libertin!

JULES BESSI.

LE SAULE DU POÈTE.

—

Divin vallon, le plus beau des déserts,
Où j'ai souvent contemplé la nature,
Je vois enfin vos arbres toujours verts:
Chantez le saule et sa belle verdure.

Oh! les voilà ces ruisseaux amoureux,
Ces monts, ces bois, cette onde douce et pure,
S'offrir gaiment à mon cœur malheureux:
Chantez le saule et sa belle verdure.

Me voici donc arbre cher au malheur,
Sous vos rameaux j'entends le gai murmure
Du doux zéphyr qui connaît ma douleur:
Chantez le saule et sa belle verdure.

Puisse bientôt, ce sont mes derniers vœux,
Un bon ami voyant ma sépulture:
Dire au poëte il est mort bien heureux,
Chantant le saule et sa belle verdure.

J. BESSI.

Le Dieu de ma mémoire.

Air de la Paille.

—

Ecrivains de couplets guerriers,
Chantez Pallas, Mars et Bellonne!
Des Français vantez les lauriers,
Le Fondateur de la Colonne!
Mais moi, qui n'ai pas ce destin,
Je chante Bacchus et sa gloire;
C'est le bon vin, c'est le bon vin,
Le Dieu maître de ma mémoire.

Du César, du peuple Français
Rappelez à tous la vaillance,
Que ce grand nom soit à jamais
Respecté de chaque puissance.
Mais moi, qui n'ai pas ce destin,
Je chante Bacchus et sa gloire;
C'est le bon vin, c'est le bon vin,
Le Dieu maître de ma mémoire.

Feuilletez l'histoire des grands,
De la Grèce et celle de Rome,
Les rivaux de ces conquérants
Sont tous à la place Vandôme.
Mais moi, qui n'ai pas ce destin,
Je chante Bacchus et sa gloire;
C'est le bon vin, c'est le bon vin,
Le Dieu maître de ma mémoire.

F. GUISOL.

EPITRE

au mièu confraire JULES BESSI.

—

Mièu giouë e franc amic, confraire en poésìa,
Pisch'as de ben rimà la nobla frenésia,
Che prefères un nom ai ben de l'univers,
Suive donca, fièù car, a compousà de vers.
Ma dègna m'escoutà. Sabes, siès encà giouë,
N'es pa tout au mestié frutar pougnet e couë,
S'embrasà lou servèu, grifonà mile feuil,
E de touta la nueç non plegà manco l'ueil;
Epi, per pagamen, de touti nouostri vèglia
Si faïre dai critic, mai pougne che d'abeglia;
Can meme faghessian sen fès plus ben che mau,
Tratà d'ignourantas e surtout d'animau.
Acò n'es encà ren: per doui vers ritournèlo,
V'acusà d'avè fàç un criminel libèlo;
Calomniàt, urtat murs e bouoi giugiamen,
Parlat contra lou dogme e lou gouvernamen.
Sependan, as pigliat, se foù che t'avertissi,
Un camin espinous e plèn de pressepissi.
Ma pisch'as bouoni camba, e sabes caminà,
Vai giusch'a l'Elicon ti faire couronà.
Maugrà li testa couossa a servèla de burta,
Ieu ti doni degià la courona de murta,
Perch'aï lou dous espouar de ti veire ben lèù,
Se Dieu ti manten san, couronà doù Soulèu.
Achela d'abaghié me d'oliva eterneli
Pouasche la ti plassà lou civaliè Touselli,
Ressussitatour degn dai nouostre gran Nissart

E sepandan per eu n'aven pa troù d'egart.
Ensinda ve, lieu car, o, per miou dire, aude
Coma vouos ch'après eù, caucun n'en crompe e laude.
Ma courage, en avan! marit o bouoi rimur,
Retireren tougiou per pagà l'emprimur.

F. GUISOL.

LE PLUS CHER DE MES VŒUX.

Je voudrais qu'à ma voix, je voudrais qu'à mes chants
Tout bon marchand de vin en donnât aux passants,
Qu'il n'eût d'autre bonheur, d'autre amour, d'autre gloire
Que de leur faire offrir une bouteille à boire.
Ce vœu c'est le plus beau, le plus cher de mes vœux,
Les enfants de Bacchus, ma foi, seraient heureux
D'un semblable présent! Hélas! mon cœur bachique,
Voit que ce grand souhait est plus que chimérique;
Nos marchands se font gros à pousser triple cou,
En vous vendant du vin qui fait devenir fou!

J. BESSI.

LA SINAGOGA RENVERSADA

O SÏA LOU

CHISME EBRAIC.

—

En franc e bouon nissart vau cantà (per isemple,
Non un grau coù d'estat) un famous coù de temple;
Ch'un mourtal de renom, tan d'onour che d'argen
E de Nissa, si di, la flou dai bravi gen,
A faç habilamen coma nouostre Monarca
Che d'avè Nissa au couor n'en dona touta marca,
Perche, lu gran signour vengon li s'establi,
Manda de milïon per tougiou l'embelì.
Giusch'a rendre gilous Antibo, Cana e Grassa,
A n'en faire tratà gèn de marrida rassa,
Che non avèn aissì tan de bouon che de beù,
Che la vouta celesta e lou divin flambeù.
Ma dai nouostre somés laissen la gilousia
E repiglien sitò la nouostra poésia.

Contra d'un civalié president au comers,
Ome finda de nom de la premiera mers,
Noblamen decourat per Napoléon même,
Quache souta l'abit crous e riban estreme.
   Achel onour tamben seria degn à tau
Che, lou sieù nom daurat briglia su sen pourtau.
Ch'aucupa un bataglion d'ouvrié de tout'espèssa,
E ch'ai paure tougiou li regala la pèssa.
D'achelu doui Medor vers lou miégiou doù Parc;
Un tan estreç e court, l'autre tan lonc e larc,
Ai sieù travagliadou, sensa s'en rendre arbitre,
Passa, me lou tabac, a cadun lou sieù litre,
Tamben embé furour, de tan ch'estima e plas,
Travaglion nuèç e giou, sensa estre giamai las;
Secourre incognitò d'onourabli famiglia;
Cu sau ch'an n'en manten! e cu sau can n'abiglia!

Es un poù troù bessai? mi dirès « amourous »
Cu non aima es un mostro, e dai plus dangeirous,
A toui lu couor ben nat, se la patrïa es cara ;
A toui lu couor ben faç l'amour es pire encara,
Enfin, Nourin Gastaut, de Nissa e de ben luèn
Non s'en trova manco un che fasse autan de bèn,
De couor es un sant òme e d'anima es un ange ;
De toui lu bouoi Nissart merita acheu louange,
Cu dirïa che non serïa mespréat,
En outro de li gèn, doù Dieù che n'a créat.
Per uni doui bei couor dota de paure giouë
Sensa a l'espousa mai havé toucat un couë,
E senche tan souven lou père non a faç,
L'enfan a cada instant, lou fa de caç a caç,
Ai retir, ai convent, sensa faire paraula,
Li manda lou produç dai sieù fegondi taula ;
E s'a Nissa, com'eu n'aighessian encà doui,
Travaglierian me ciarme e serian urous toui.
Per lou bonur de Nissa, un signour tan ilustre,
Carrìa che vieùghesse encara aumen dès lustre,
Touplen ch'an réussit sensa faire de brui,
Devon remarsïà lou sieù solide appui?....
Non cresés ch'a flatà sighi pagat estoble,
Per louangià caucun, la mieu Musa ès lou poble,
Escouti ben avan se di la verità :
« Vous de pople, » si di, « vous de Dieù d'echità? »
Can meme, supousen, aimessi cu si sighe,
Avan li dire bouon, foù che cadun lou dighe,
Es vèr ch'es difissil d'estre de toui ben vist,
Aimat e respetat, l'es manco Gesù Christ?...
  Parcourrés li villas de touta Santa Elena ;
Passa sin sen ouvriè, cadun la pocia plena,
Canton en travaglian lou sieu caro Nourin ;
Cad'oura de fatiga, es un giou de festin ,
Non an pa da beson de survegliant en testa,
Lu sieù brave assistent es la vouta celesta,
Coma a Roma, si di, si travaglia tougiou,
Enfin, Nourin de Nissa es lou plus car bigiou,

Lou pople réunit de couor d'amour li dona,
Doù nouostre beù païs, la crous e la courona,
Che vieughe en pas, cerit de nautre, car ogèt,
Com'un Napoléon au sen dai sieu sugèt.

Se degun non a vist de la Mitoulougia,
Au vero l'Elicon, lou Pinde, l'Idalia,
L'Olimpa, lu valon, l'Ipoucrèna e lu mont,
Achì vées au clar un Paradis segont,
Enfin, acheu beù luèc, dou monde es digne d'estre
Nomat è renomat lou Parnasse terrestre,
Se nouostre Imperatour lou veghesse enca' un coù,
Li donerìa un titre e l'onour che li foù!...
Ma, repiglien aissi, lou chisme israelita,
E suiven sensa plus depassà li limita,
Triplidor che tougiou, luen d'esbrouf e de brui,
Dona plutò doù sieu che nen piglia d'autrui,
Che demanda e resseù per lu sieu paure paure,
Sensa che d'un repast giamai non s'en restaure,
Ch'ai padre de Simiè, quache fidel giudièu,
Regalèt un tableù de la Vierge e de Dièu,
Che despì sincanta an avìa en la sieu ciambra,
Travail de Rafaël, me la cournis en ambra,
De valour a-pou-près de des a douze mile fran,
Don che n'auria pa, bessai, faç un crestian,
Car n'esista toutplen dintre lou christianisme
Che non an de chrestian ch'un poù poù lou batisme.

Ma lou nouostre Banchiè d'antic e gran renom,
Ch'en Europa fa mai de brui che mil canon,
L'enfan d'un pere autan caritable ch'integre,
E che l'isemple sieu commensa già de sègre,
Soù d'agliur cifra giust e conoisse en doui mot
Lou tint e la valour de qualonche mamot.
E sau tamben sercà sensa faire de coursa,
Che per temple li cou la ciambra de la Boursa,
Embe lou ric espouor d'a babor a tribor,
De n'en faire una sela a batre David-or.

Pelerris, di pourtan, che m'ai sieù caissa fuorti,
Per marcià de pen dréç non a pa li man touorti,
Pelerris, acheu prous ch'au fuèc un poù vesin,
Trembla d'una petacia e mouor d'un pouverin,
M'estoni che non dighe, a perdre touta soma,
D'anà, bancal tonut, me Garibaldi a Roma,
Ranversà Vatican e lou terrestre Dieù ;
Faire, a coù de siseù, toui lu crestian giudieù.

Balindor non voù plus ch'au vieil temple si mouse
N'a laissat dès e vuéç, soubre catre-vin douse,
E lu plus dèlaciat e de mamèla sec,
Au Prïo President a fa sautà l'emplec,
Sensa faire d'esclat, ni causar de temulte,
Dai nouostre vieil giudièu voù regioinì lou culte,
Che lou sata tougiou si manege d'argèn
E non s'embroglie plus touta sorta de gén,
Che per non n'en donà digou ch'es tougiou sata,
E che per n'en piglià desplegon li doui pata.
Ch'en bouona educassion s'elève lu picioui,
Afin ch'en comersan, non sigon tan mencioui.
Rougefris, ciarlatan de la premiera classa,
Che serventa, garson, brossur plassa e replassa,
Che fa vendre, crompa hòtel, villà terrèn,
E crei poussedà tout sensa non avé ren ;
Com'es dai plus famous per lou coù de maissèla,
Pensa d'estre tamben, celèbre de servèla,
Crida ch'a, Triplidor, una testa de bouis,
E de grifa doui fòs plus longhi ch'un mamouis,
Lou cèf d'una maïon d'aissi, dai plus establi ;
De li plus impourtanti e dai plus onourabli?
Si poù calomniar tan criminalamen,
Sensa ressevre en vers lou mendre castimen?...
Aspera a l'autre cant, lenga d'un vieil demòni,
Ai, de senche m'as diç, sincanta testemòni.

F. GUISOL.

LU BANCAROUTIÉ.

Mesclun.

—

Laïssen per un momen comis e gen de plassa,
Parlen sensa fasson d'achela bruta rassa,
D'achelu noble gus, sens'argen, ni mestié,
Galant òmè de nom ch'an nom bancaroutié.
Nen counouissi per faire una lista ben netta
Plus longa doui fes mai che de Nissa a Touretta ;
Che de gros parvengut e che de gran fripon
Che tougiou sens'argen fan bastî de meson ;
Che de marcian de vin, doùrur, fournié, modista,
Afita apartamen, cafetié, licourista
Che ravagian plan plan toui lu nouostre cartié
Si classoun, nom per nom coma bancaroutié !
Li sieù dama a capeù son tougiou ravissanti ;
Per plase ai sieu coupaïre eli si fan ciarmanti,
Han la logia au theatre e messi coma foù,
L'ome pouorta li corna a descournà doui boù !
Laissas, gen sens'ounouor, laissas virà la roda...
Cu bouon couguou non ès, non ès pa gen de moda !
Se non lou siès encara avès tougiou lou tem,
Si ve che confondès l'iver e lou printem.
Comensen per cauch'un. Certen daurur de lustre
Ch'a fouorsa de daurà... s'ès faç un nom ilustre :
Si crès mai che non ès en galant òme fint,
Se pousséde doui soù nen deù catre fes vint !
Un autre parvengut a fouorsa de rapina,
Ladre coma lou cat e cadun lou devina,
A beu dire e beu faire era ren ès touplen,
A faussamen gagnat e de titre e d'argen.
Signour sensa castèu, taù, fraire de soutana,
Per embroughà cauch'un souorte de la sieu tana ;

Es un marcian de vin, gros, gras a double couol,
E vende de nectar che fa deveni fouol.
Un autre tau, letour, ch'avala la saliva,
Vourria che lou pin li faghesse d'oùliva,
Trata mau lou paisan e li crida souven
Perchè dei caulès flou non naisse pa d'argen
O contra tem fatal! o comble d'ignoransa!
Non sabès, ignorant, emparalo d'avansa
Che maugrà lou destin, lu titre lu plus bei,
S'ès vist un rei, bouon pastre, un pastre faire un rei?...
Crèsi n'havé proun diç. Laissen la bancarouta,
Nen conouissi touplen ch'en metten li clau souta
Han d'argen, de meson... urous coma de dièu
Li sieu frèma li fan... d'enfan... che non son sièu!
Pouodi sensa fasson en grossi lettra scrieure:
Cu d'elu n'en dì ben n'ès pas digne de vieure.
      Dighen finda doui mot en achelu manent
Che per non mai pagà poussèdon lou talent,
Nen counouissi cauch'un: per sincanta sentima
Si laisson meprisà, perdre l'onour, l'estima,
Laisserioun l'autour, doui fès mouri de fan,
Meme aughesse beson d'una lesca de pan.
Un d'achelu, letour, es marcian de pomada
Es ric à mile fran, lansa l'or a manada;
O ciel! ch'ai diç, o ciel! mi trompi santamen:
La pega, ben de fès, ataca vivamen.
Tau che non serà mai, galant'ome, ni sage,
Doù club dai pastrouil ès souven prio mage;
D'eù, degun escritour non counouisse l'argen,
E voù tougiou legì sensa mai pagà ren.
Un autre, gros comis, ch'enregistra li vaca,
Lou travail li fa poù: doù travail non si maca,
Counouisse largamen lou grec e lou latin
E non a pa besoun dei mieù canson dau vin.
Un maigre, afrous comis, ch'a tougiou la pepìa,
Doui fès plus faus che Giuda, avaro, ladre, espia,
Naissut en li montagna embe de loup e d'ours,
Parla brutalamen coura ten de discours;

3

Fraire d'un calotin, d'un er mai ch'ipocrita,
De poù dai coù de poun... coura mi ve m'evita;
O calabres d'esprit e chines de talent!!
Non siès ch'un ex-comis d'un notari savent...
    Tau lou sieu car amic, à la mina perfida,
Sembla, de tan es plen, una poula farsida,
Es un marcian de drap e per catre soù pist
V'assassina son paire e renega lou Crist!

. . . .

Escusas, bouon letour, lou mieu san bavardage
Plus tardi, crèsi ben, ven dire davantage;
Revenghen, revenghen soubre lu nouostre pas,
Touplen, lansan l'amplouva acciapon lou loubas.
Vou dirai per fini sensa faire la mouta,
Galant'ome non ès, cu non fa bancarouta.

J. BESSI.

UNE PRIÈRE.

—

Oh! que j'honore; oh! que j'aime et vénère
Ce pauvre aveugle heureux de sa misère,
Sous le fardeau de quatre-vingt printemps
Bénit le Ciel à ses derniers instants.
Ces échappés d'une infâme indigence,
Qu'un jour Plutus couvrit de tous ses dons,
Ne rêvent plus que leur grande opulence,
Ils sont petits dans leurs vastes salons.
Epargnez-moi, mon Dieu, du petit maître,
Chez moi, l'esprit sera le bienvenu,
Après m'avoir sauvé du sot. du traître.
Défendez-moi du riche parvenu!

J. BESSI.

LE CÉLIBATAIRE

Monologue en un acte, en vers.

———◦◦◦———

LE CÉLIBATAIRE

Monologue en un acte, en vers.

La scène représente un salon richement meublé.

Le Célibataire en costume du matin. — Il est assis.

— C'est un fait décidé, je ne dois plus me taire,
Il faut me détourner d'un hymen téméraire,
D'autres époux, sans moi, vendant leur liberté
Se chargeront du soin de la postérité.
D'autres s'embarqueront sans crainte de naufrage,
Moi, voyant le danger, sans quitter le rivage,
Je ne les suivrais pas. Je n'irai point un jour
Sous le joug d'une femme engager mon · amour ;
Je n'irai point aussi bravant tout artifice,
De mes biens, de mes sens, lui faire un sacrifice,
Ce serait me livrer à mille soins divers,
Je ne veux pas enfin forger mes propres fers.
Je n'aime pas penser que l'ardeur de médire
Arme aujourd'hui mon cœur des traits de la satire,
Ni que par un garçon le beau sexe outragé
Ait besoin d'un vieillard pour en être vengé.
Ce sexe plein d'amour sans secours et sans armes
Peut assez se défendre avec ses propres charmes,
Et mon esprit sans verve affaibli par les ans
Ne sait plus critiquer, ma foi, depuis longtemps.

Je né veux pas, messieurs, blâmer de tendres flammes
Par des mots insolents vous faire horreur des femmes,
Si l'hymen après soi traîne certains dégoûts,
La faute bien souvent ne vient pas des époux...
Les femmes sont toujours d'innocentes victimes
Que des gros intérêts, que des fausses maximes
Immolent tendrement à des maris trompeurs :
On ne s'informe plus, ni du sang, ni des mœurs.
Que veut-on de nos jours? de l'argent. La richesse
Ne tient-elle pas lieu de vertu, de noblesse?
Pour faire un bon époux que voudrait-on de plus?
Uu grand nom, un beau titre? Oh! non cent mille écus.
Pour plusieurs cette somme est presque une fortune,
Ils se trompent vraiment; je le dis sans rancune,
Toute femme aimera le chic et le bon ton,
Les bijoux de valeur, et les mœurs Benoiton,
Un élégant coupé, des laquais en costume,
Un appartement chaud de peur de prendre un rhume,
Des toilettes de prix, rubans et cœtera,
Et plus vous donnerez plus on vous aimera.

(*Il se lève*).　　　Air de Mathilde.

« Lorsqu'un mari donne un beau cachemire,
« La femme feint de croire à tous ses feux,
« En donne-t-il — deux ou trois, on l'admire,
« On dit alors qu'il est très-amoureux.
« Il nous faut donc, mes charmantes, mes belles,
« De notre ardeur, ma foi, quand vous doutez,
« Vite chercher des preuves bien nouvelles
« Chez les marchands de hautes nouveautés.

« Merci, merci; grâces à leur méthode
« Mon revenu serait insuffisant,
« Car c'est un fait, pour se mettre à la mode
« Jamais, jamais, elles n'auront d'argent.
« Jeune, on peut bien, oui, s'appauvrir pour elles
« On a pour soi les dédommagements,
« Mais on n'est plus le trésorier des belles
« Lorsqu'un garçon passe les cinquante ans.

C'est un fait bien certain qu'une femme en ménage
Est plus coquette encor qu'avant son mariage,
La raison est bien simple ; elle veut que l'époux
Oui, soit, bon gré, malgré, de ses charmes jaloux.
La jalousie, ô ciel ! ce serpent si terrible
Sait même se glisser dans un cœur insensible ;
Que je plains un mari dans sa propre maison
Réduit à redouter, parfois la trahison,
Rien ne peut appaiser la peur de ses entrailles,
Il craint d'être, en rêvant, trahi par ses murailles,
Et cette peur funeste affaiblissant l'amour,
L'épouvante la nuit, le fait trembler le jour.

Ma foi laissons agir le destin, la nature,
L'amour viendra tout seul: sa route la plus sûre
C'est le goût, le penchant, l'attrait de notre cœur,
La richesse n'est rien, la paix c'est le bonheur.
J'ai vécu selon moi ; je suis célibataire,
Mes plus doux souvenirs sont mon charmant parterre,
Je m'y promène encore en disant sans courroux:
La beauté d'une femme est le miroir des fous.

AIR. MA COLOMBE CHÉRIE.

« On ne ressent jamais ni plaisir et ni peine
« Lorsque les dénoûments sont quelquefois prévus,
« Le véritable amour, oui, n'a qu'une semaine
« Dont malgré l'amoureux les jours sont convenus.
« Commençons: le *lundi* vous voyez une femme,
« Vous faites le galant tout au plus le *mardi*,
« Le *mercredi*, ma foi, vous peignez votre flamme,
« La Vénus répondra dans la nuit du *jeudi*.
« Vous serez très-heureux ; vous lui serez fidèle,
« Elle vous aimera, parbleu, le *vendredi*,
« Mais le *samedi* soir elle sera rebelle
« Et le *dimanche* enfin, oh! tout sera fini !

Pourquoi me direz-vous : êtes-vous si rebelle,
Les hommes sont-ils faits sur le même modèle ?
A chaque instant mon âme et mon cœur disent non,
C'est un fait décidé, je veux mourir garçon.

Je connais des époux, volages, infidèles,
De ces maris, ma foi, qui vous cherchent querelles,
Qu'on voit, malgré l'hymen et ses sacrés flambeaux,
S'enrôler chaque jour sous de nouveaux drapeaux,
Qui d'un cœur plein de feux à leur devoir contraires,
Caressent follement des beautés étrangères ;
Le soin toujours galant de leurs fameux exploits,
En dix lieux différents les demande à la fois.

    Si dans des vers piquants Juvénal en furie
A fait passer pour fou l'homme qui se marie,
D'un esprit plus sensé je conclus aujourd'hui :
« La femme qui l'épouse est plus folle que lui ! »

Air de la jeune Adèle.

« Vivre garçon tout le temps de ma vie,
« Rire toujours de tous les bons époux,
« Voilà mes vœux : mon âme en est ravie
« De vos beautés je n'en suis pas jaloux.
« J'aime à finir ce petit monologue,
« Puisse-t-il bien contenter vos désirs,
« Je ne veux pas grossir le catalogue
« De cet hymen qui fait tant de martyrs !

J. BESSI.

ÉPIGRAMMES.

—

. . . Avant d'être Pasteur, il était catholique,
Il était pauvre alors, il est riche à présent ;
Il se fit pour l'argent protestant politique,
L'histoire est bien connue : *est-il assez content ?*

**
*

Un certain Esculape aime à dire à la ronde
Qu'il m'a guéri jadis. Oh ! le lâche assassin !
Si j'ai le doux bonheur d'être encore en ce monde,
C'est qu'il ne fut jamais... jamais mon médecin.

**
*

Un fort riche avocat, sans nom, sans éloquence,
Hypocrite, arrogant, titré, mais sans blason,
Me prouve par ses faits, sa place et sa naissance,
Qu'avant d'être honnête homme il faut être fripon.

**
*

Tout homme noble et droit qui tient à son estime
Ne veut que son honneur, pour lui l'argent n'est rien ;
S'il aime son prochain il doit haïr le crime,
« Qui n'a pas fait de mal a presque fait du bien.
Mais vous, faux parvenus, jadis dans la misère,
Si pour nous mépriser vous avez vos raisons,
Nous pouvons, nous aussi, vous dire sans colère :
Que c'est un crime affreux de servir des fripons !

J. BESSI.

LO MEDESSIN.

—

Laissen, laissen en pas toui lu comis de moda,
Lou sabès coma jeù, lou monde es una roda
Che tournan lentamen roula certen abus...
Roula de noble couor, coma de noble gus.
Che de mers de comis e che de tristi misa!
Si dì ch'ancuei l'orgueil en marchis lu deghisa ;
Son de cifrur abil mai ch'achelu doù Ghet,
Sinc e catre fan noù levi doui resta set.
Non parlen dei comis, non li serchen de rusa,
Soubre un autre suget laissen glissà la musa,
Se d'ulu francamen nen foù gaire de cas,
Es che païvan tougiou fan touplen d'embaras.
Non pouodi mi taisà; la mieu pluma m'escapa,
Parlerai, canterai de certen Esculapa,
Medessin de renom... servitour de la mouort,
Che dounon ben de fès l'eternel passapouort.
Soubre la cantità s'en trova de celèbre,
Cu li plas lou mesclun, cu li plas l'acialèbre,
Senche mi prova ancuei maugrà lu plus bei vers,
Che toui lu medessin son de la meme mers!...
Comensen: lou gros Gon, a la gran renoumada
D'ordounà troù souven d'enormi serenglada,
De grossi purga a mouort ai sieù plus tendre amie,
Che lu rende en doui giou coma d'estocafic.
Un autre ch'ès naissut de damon soubre Roure,
Voulen troù caminà souven pica doù moure,
Me la sieù presa en man tabaca coma foù,
Parla maù lou latin e l'escrieù coma poù.
Un autre sens'argen, che garisse a bouon pati,
Che deurian lapidà me de coù de toumati,

Garissse mai che maù, marcia m'un pas de nas,
E per non saludà si frisa lu moustas.
Taù, mitan sacrestan, escoula vinaciera,
Dì che Piron es dot e che sot es Moliera ;
« Tapa » aissi mi dirès, non nen dire plus ren,
Nautre toui, per malur, mai che tu nen saben.
As rason, car letour, ensin laissemi dire,
D'ulu, marit o bouoi, non s'en foù giamai rire !

J. BESSI.

LA VIOLETTE.

Charmante fleur, qui sait plaire à mon œil,
Plus que l'œillet, même plus que la rose,
J'aime te voir ; tu brilles sans orgueil,
Quand de ses pleurs, oui, l'aurore t'arrose.
Sais-tu pourquoi, sans crainte et tour à tour,
Le doux zéphir te baise et te caresse ?
Sais-tu pourquoi l'aimable et tendre amour,
A te cueillir bien tendrement s'empresse ?
C'est que tu plais à la douce candeur,
Qui, modeste, humble, autant que simple et belle,
T'imite et donne un gage de bonheur,
En te donnant à l'amoureux fidèle.
Tu fais rêver un plus heureux destin,
Sans te montrer, jalouse ou ravissante,
D'un tel honneur que plusieurs fois en vain,
Voulut la rose orgueilleuse et puissante.

J. BESSI.

L'ARGEN.

Er : *Oh ! che fu caut.*

—

Certen rimur de cansoneta
Su tout ancuei fan de refren :
Soubre lou vin, li flou, l'erbeta,
Soubre l'amour, soubre l'argen.

    N'es per l'argen   (*bis*).
Che nueç e giou cridan souven,
    Viva l'argen   (*bis*).
Sensa l'argen non si fa ren.

De l'evescat a la capela,
Doù Vatican giusc a Peken,
Lu calotin, la sieù sechela,
Diran tougiou : venga d'argen.

Nen foù pagà per l'arosage,
Nen fan pagà lu sacramen,
Nen fan pagà lou mariage...
E coù pagà : vaga d'argen !

Nen foù pagà per la naissensa,
Lu sacrestan fan ren per ren,
La boursa en man e me passiensa
Sera, matin, versa d'argen.

En tout ancuei l'interès ghida,
E se nen fan doui soù de ben
Poudès lou creire o gen timida,
Se lou nen fan es per l'argen.

Ai nouostre tem lu mariage
Si fan maugrà lu sentimen,
Che tan d'amour e che tan d'age
« T'aimi touplen : venga d'argen ! »

Che de catin, che de coumaire
Che per lou soù v'embrasson beu...
Lou mieu refren non cousta ghaire
Ma se l'ai faç ès per l'argen !

J. BESSI.

CHANSON BACHIQUE.

Air : *Si notre art à votre coiffure.*

—

Quand j'ai bu je suis tout morose,
Le bon vin me rend bien heureux,
Quand j'ai bu je vois tout en rose,
Plus d'une fois je suis joyeux.

Lorsque j'ai bu je dis sans cesse :
La terre tourne pour du bon ;
Je conclus donc avec ivresse
Que Galilée avait raison !

En préférant à la carafe
Ce doux nectar le plus divin,
Je suis avocat, géographe,
Même astrologue et médecin !

Chez moi jamais de rêverie,
J'aime à dire en toute saison :
S'il est un dieu pour la folie,
Il en est un pour la raison !

J. BESSI.

LE SABOT DE LA MARGUERITE.

Air d'Eugénie.

— O Marguerite adorable et charmante !
Jette sur moi tes regards amoureux,
Tu vois mes maux, ne soit pas si méchante,
Je t'aime, enfant, l'amour me rend heureux.
Ah! quel bonheur, quel plaisir, quelle ivresse !!
Pour ton amant, pour le pauvre Jeannot ;
Si je pouvais, ô fille enchanteresse,
Mettre mon pied dans ton petit sabot.

— Mon cher ami, je connais ta souffrance,
Tes doux désirs te tourmentent toujours...
Depuis longtemps tu gardes l'espérance
De voir bientôt consacrer nos amours.
De cet espoir mon âme est bien sensible,
Je suis confuse et ne peux dire un mot.
Je t'aime aussi... mais c'est presque impossible
Que ton gros pied entre dans mon sabot.

— Laisse-moi faire, ange pure et céleste,
Va! ne crains rien... il est si doux d'aimer,
Dieu seul nous voit !... épargne-m'en le reste...
Quels doux contours, quels yeux pour me charmer !..
Sur le gazon, sur l'herbette nouvelle,
Le tendre amant riche d'amour, joyeux,
Fendit d'un coup le sabot de sa belle
Qui toute en joie aimait à voir les cieux !

Le soir enfin ils s'en vont au village,
La Marguerite avait l'air éperdu,
Elle avait peur qu'on lût sur son visage
Qu'elle avait fait cascader sa vertu.
Jeannot pleurait; il souffrait le martyre,
Tant de bonheur l'avait rendu jaloux,
Il murmurait dans son heureux délire
O douce enfant que ton sabot est doux !

J. BESSI.

A Mlle ✳✳✳

Les rideaux de ma voisine.

AIR : *Viens belle nuit.*

—

Par une nuit calme, azurée,
Au bruit charmant du gai zéphir,
Je vins me mettre à ma croisée
Où je vous vis belle à ravir.
Ma chère enfant, fille divine,
Pour moi que de charmes nouveaux :
Ah ! par pitié, tendre voisine,
La nuit fermez vos blancs rideaux.

Oui, je vous vis dans la chambrette,
Gagnée enfin par le sommeil,
Défaire, ô ciel ! votre toilette,
Astre éclatant et sans pareil.
D'une chevelure bien fine
Vous dérouliez les noirs anneaux,
Ah ! par pitié, chère voisine,
La nuit fermez vos blancs rideaux.

J'ai vu votre peau ravissante,
Je suis peut-être un indiscret,
J'ai vu, grand Dieu, chose étonnante,
Les formes rondes du corset.
J'ai vu votre bouche mutine,
Vos pieds et vos mollets si beaux...
Ah ! par pitié, douce voisine,
La nuit fermez vos blancs rideaux.

Je vis éteindre la lumière,
Bientôt s'égara ma raison,
Je n'ai pu fermer la paupière
Car je souffrais comme un démon.
A l'avenir, âme enfantine,
Si vous aimiez guérir mes maux,
Ah ! par pitié, belle voisine,
Ne fermez pas vos blancs rideaux.

J. BESSI.

LE BRACONNIER.

AIR : *Ce matin avant l'aurore.*

—

Dans le village on m'appelle
Le courageux braconnier ;
J'étais, on se le rappelle,
La terreur du gros gibier.
Mais si mon âge m'ordonne
D'être brave au-de-delà...
Je braconne ... je braconne
Un lapin par-ci, par-là.

J'étais un buveur avide
Du jus divin rouge et noir ;
Il coulait doux et limpide
Dans mon vaste réservoir.
Je buvais plus que personne,
Aujourd'hui... Dieu m'aidera !
Je braconne... je braconne
Le bon vin, par-ci, par-là.

Je n'ai plus, non, ma richesse,
Ni palais et ni bijoux;
Ni mes titres de noblesse,
Je vis seul et sans courroux.
Je suis réduit à l'aumône...
Si quelqu'un refuse, holà!
Je braconne... je braconne
Des amis par-ci, par-là.

Oh! que l'amour a des charmes,
Pour vous, mes jeunes amants,
L'amour fait couler des larmes
Même à quatre-vingt printemps;
A Vénus, je m'abandonne,
Je suis vieux.. ce n'est plus ça...
Je braconne... je braconne
Un baiser par-ci, par là.

Mes amis, la chose est claire,
Mon voyage est achevé,
Quoiqu'on dirait que sur terre
Le bon Dieu m'ait oublié.
En attendant qu'il me donne
Ce jour où mon cœur mourra...
Je braconne... je braconne...
Quelques jours par-ci, par-là!

J. BESSI.

SATIRA

A

M. MALVAL,

Auteur Français comprenant tous les patois
et composant un dictionnaire Français-Niçois.

—

Mi conseglies, Malval, de suivre la satira;
Ch'ai contra partisan, li tombi su de tira,
Dighi perchè tougiou varìon d'opinion,
Coma tan d'afamat ciangion de religion.
Ch'es che m'impouorta à jeù, ch'un rabin tou de suita
Si fasse capoucin, o magarra gesuita.
E che d'enfan de Crist, o ben de Mahomet,
Ciaviron de bandiera e tournon de plumet.
Lou tout es doù public merità lou diplòme,
De fidel sitoyen, d'onest e galant'òme.
Che sighe Italian, Anglés, Russo, Prussien,
Crouat, Espagnoù, Turc, enfin tantu che sien,
Respeti lu suget, basta ch'un non m'insulte,
De touti li nassion, coma de toui lu culte!
Ma non pouodi soufrì, ch'un gran flandrin d'ostiè,
Entretenur secrèt de gen sensa mestiè.
Confident e ribaut d'un vieil tas de devoti,
Baie casi à ginous, li pata ai don Cheissoti.
Com'un che predighèt che lu Fransés de fan,
Si mangiavon li frema e lu sieù tendre enfan.
Tamben sitò calat doù 'pulpito en gran festa,
Restèt paralisat dai pen fin à la testa.
E lu Vilafranchié lou cresen San Micheù,
De la capa cadun s'en coupèt un moussèu.

Coma acheù mascarat, dominò de carema,
Prega en gléja, à maïon crida, pica e blastema.
A degià faç petà doui frema à coù de pon,
E la tersa en lambeù li tombon lu giupon.
E fa, chètan, metèn li grossi pessa en tasca,
De presèpi à Calèna e de Sepulcre à Pasca.

Tal autre beù parlur mignon e delicat,
Che sembla ch'aigh'en bouca un moussèu de nougat.
D'una!... va lou ti saupre!... enfan trouvat en clastra.
De Nissa lou plus fouort mecanissien de mastra.
Ch'un paisan li servèt de paire e de pairin,
Ch'à vint an l'esentèt de partì per Turin,
Après lou maridet m'una figlia gentiglia,
Rica assès de maion e de bouona famiglia.
Ch'a faç urous, si di, coma son lu bastart,
Dintre un gran fabricat, fourtuna per asart.
Bouon fraire, rouge o blanc, tresourié, souta prïo,
E vourria scrasà Napoléon e Pïo,
E lou sieù benfatour, per eu tombat en mau,
L'a laissat espirà dintre d'un espitau.

Un autre encà plus vil che non l'es un pirata:
Enùula e fier rival doù capitani Lata,
Acetour de proussès e vendur de terren,
Che touplen de plus sage han fa passà m'au ren.
Toui lu giou deghisat me la sieù longa capa,
Baïeria lou bas e la pantoufla au Papa,
M'au sieù dire meùlous e religious regart,
Davan vou mouostra un crist e darrié lou pouognart.
E Balon retournat cu sau de canti lèga,
Che dai labra e d'un uès per camin tougiou prèga?...
Eben, acheu d'achì, de là, de verdelà,
Tenia grant'òtel de Totacanadà
Brav'ome de rebut e fripon de ressèta.
Plus gus e plus salop che Piron!... lou poèta.
Ma non pa tan giouïous ni manco tan savent,
D'achelu suerbe glassa e café de couvent.
Com'acheu bèu garson, doussa e santa mitoucia
Che dai vuè-soù toui d'or, si gardèt la cartoucia.

Che d'un rire ipoacrita esploata toui lu luec,
E lu mepris su d'eu, lu piglia per un giuec.
Pi serca parvengut, me la sieù faussa ghigna,
M'ei nouostre sage ric, d'anà si metre en ligna.
« De sage ric « dirès » sen trova raramen,
« Es coma mesurà l'autou doù firmamen, »
Taisas « vou respondrai » l'epiteta es troù fouorta,
« N'aven ch'ai pauri geu duerbon tougiou la pouorta,
« L'ouvrage d'un autour per li donà d'essor,
« Senche non voù ch'aran, lou li pagon en or,
« Non foù pa metre au ran, quache doù meme poble,
« Lu veritable gus m'ei veritable noble,
« Ni mesclà d'embrouglion, can meme aigon d'argen,
« De voulur impunit embe li bravi gen.
« Enfin, se dai meciant, dai canaglia e dai ladre,
« Foughesse faire aissì lou veritable cadre,
« Fourmerìi un album espés de catre det,
« Comensan de l'ainè giusch'au darrié cadet. »
    Un pouorta bardouchin, m'au sieù rouge galofre,
Dai paisan fabricant d'estu espèssa de cofre,
Che vénon bouon matin à la vila rampli,
Per parfumà la terra e l'erbage assoupli.
Bressaire de sensié, blastemur de preghiera,
Escamoutur de seira, escoula vinaciera;
Fa pourtà de son paire, espirat au recueil,
Ciavana e crinoulina ai sieù figlia per dueil.
E cour'es ensacat de la sieù longa capa,
Si crès au premié ran dai moustardié doù papa.
E coma cantoniè doù gran cartiè san Luc,
Si faire courouà de panacia lou suc.
    Enfin, che vou dirai, la messa, non la sabi
Coma achelu cafart che, d'una vous de babi,
Fan tan, m'ei sieù: coà coà, de funèbre boucan,
En compagnan un mouort com'acheu gros cacan,
Ch'emb'ai sieù milion, avan mourì vendia
Catre estèla de giaina e doui soù de sendria.
    Sertèn carrabiniè, vestit en calabrés,
M'un manteù che de cors n'en curberia très,

Per, me la sieù pension, non faire tan carema,
Au coro de san Gian canta da vous de frema.
Una cauva ch'a mai d'assassin garroulat,
Che lou boja de Zai non n'a decapoutat.
Me de tenour ensin cadun courre à la gleja,
D'entendre l'operà degun n'ha plus enveja.

    Un autre prega Dieù, pourtur de bardouchin,
Che n'a gaire neghèt de deure un maranghin.

. . . .

Sighés Italïan, feven onour e gloria ;
Jeù sieù Fransés–Nissart !.. voalà touta l'istoria,
Nat au mile vuè sen e catre, mes de mai ;
Lou sieu nat emb'onour, emb'onour lou mourai.
Après m'han faç crestian e tougiou vouoli l'estre,
Giamai non ciangerai d'opinion, ni de mestre.
Achi, caro Malval, d'aprè lou tieù conseù,
Quache de tu poù degn, encara un vieil mousseù.

                        F. GUISOL.

MA CONFESSION.

AIR : *Un jour la Malibran.*

—

Mon Père j'ai manqué d'assister à la messe,
C'est un bien gros péché qu'il faut me pardonner ;
De cette faute, hélas ! ici je m'en confesse,
Mais je n'ai pas de l'or, ma foi, pour vous donner.
Permettez qu'en ce jour humblement je vous dise
Que plus d'un bon chrétien de vous n'est pas content :
On ne peut faire un pas dans votre sainte église
Sans dépenser d'argent, sans dépenser d'argent.

A peine l'homme arrive en ce vaste faux monde,
Qu'il faut bon gré, malgré, vous payer un tribut;
Pour le sel et pour l'eau dont votre main l'inonde,
Il vous faut de l'argent pour faire son salut.
L'eau du Ciel est de Dieu : cette eau n'est pas maudite,
Elle nous purifie... elle nous rend content...
Vous autres, pour verser trois gouttes d'eau bénite,
Il vous faut de l'argent, il vous faut de l'argent.

Veut-on, mon capucin, dans le cours de la vie
Prendre une femme? on doit, oui, payer de nouveau,
Puisqu'il vous faut payer pour la cérémonie,
Le vœu, le sacristain et le fatal anneau!
Bienheureux ce mortel heureux de sa misère,
N'aimant que la vertu qui le rend si content!
Vous, apôtres du Christ dans votre ministère,
Vous n'aimez que l'argent, vous n'aimez que l'argent.

Quand la terrible mort nous rappelle à la terre,
Qu'il faut quitter la vie et se rendre là-bas...
Qu'un ami qui craint Dieu nous devient nécessaire,
Ce n'est pas pour l'argent qu'il assiste au trépas!
Vous encaissez toujours... même en disant matines,
Quand quelque riche meurt... vous êtes très-content...
Car l'éternel refrain de vos chansons latines
Vous fait gagner d'argent, vous fait gagner d'argent.

                                    J. BESSI.

GELSOMINA LA NAPOLITAINE.

Air du dernier baiser.

Jeune fille aux cils d'or qu'une mère caresse,
Douce enfant aux yeux noirs, au cœur tendre, amoureux,
Laisse-moi t'adorer avec amour, ivresse,
C'est l'unique bonheur d'un pauvre malheureux.
Tu méprises mes maux, tu connais ma souffrance,
Je te suivrais partout sans craindre aucun danger,
Quitte Naples, suis-moi, viens, retournons en France,
Je suis de ce pays où fleurit l'oranger.

Que tes regards sont beaux tendre napolitaine!
Que tes baisers brûlants font palpiter mon cœur,
Il est si doux d'aimer: d'amour mon âme est pleine.
Ah! laisse-moi goûter la coupe du bonheur.
Blonde Gelsomina! je t'adore en silence,
Je te suivrais partout sans craindre aucun danger,
Quitte Naples, suis-moi, viens, retournons en France,
Je suis de ce pays où fleurit l'oranger.

Enfant, quittons le ciel de la belle Italie,
Partons; ne doute pas de ma fidélité;
Nous trouverons là-bas dans ma chère patrie,
La paix et le bonheur, l'amour, la liberté!
L'hymen cimentera notre noble existence,
Je te suivrais partout sans craindre aucun danger,
Quitte Naples, suis-moi, viens, retournons en France,
Je suis de ce pays où fleurit l'oranger.

J. BESSI.

Le Testament du Poète.

AIR: *Au Dieu d'amour il n'est rien d'impossible.*

Mes bons amis, il est sur cette terre
Un triste instant où l'on doit se quitter ;
Et ce départ que tout mortel doit faire
Ne manque pas de nous bien tourmenter.
Il faut agir avec amour, prudence
Pour s'en aller heureux et très-gaiement ;
Permettez-moi, qu'aujourd'hui par avance,
Je fasse ici, mon humble testament.

Ne possédant pas une simple obole,
Je lègue, amis, pour tout mon mobilier,
Un beau poignard à ma chère Espagnole ;
A ma Niçoise un superbe rosier.
A ma coquette et galante Allemande
Je lui destine une glace sans teint ;
A ma volage, infidèle Flamande,
Une pantoufle en joli papier peint...

Je lègue aussi mes objets de ménage
A ma Fanchon qui ne les aime pas ;
A ma Fanny qui veut être bien sage
J'offre en ce jour un petit cadenas.
A Térésa, ma gentille soubrette
Je lui destine une poile, un panier ;
A ma dormeuse et divine Lisette
Un éperon d'un preux carabinier.

J'aime à laisser à ma laide portière
Pour son époux le plus joli serin...
A mon tyran : à mon propriétaire
Le vieux museau de mon méchant carlin.
Un gros balai je lègue à ma servante,
A ma Vénus je laisse mon amour,
A l'usurier qui m'ennuie et tourmente
J'offre de cœur la plume d'un vautour.

A ma voisine adorable et morose
J'offre ma canne et mon beau parassol ;
A son époux un Saint-Luc en bois rose...
A son vieux singe un énorme faux-col.
A mon tailleur pour son fameux mémoire
Qui ne sera, — non, jamais acquitté
Pour qu'il bénisse et mon nom et ma gloire,
Je veux laisser... quoi donc ? l'éternité !

Mes chers amis, pour comble de largesses
Avant partir, sur mon honneur, je veux
Donner, donner à toutes mes maîtresses
Pour souvenir mes noirs et longs cheveux.
Je lègue encore un flacon de Madère
Que sur ma tombe un ami videra,
Mon pauvre cœur je le donne à la terre,
Mon âme à Dieu qui me protégera.

Mon Béranger, mon chat, mon Lafontaine
Qui de ma vie ont fait le doux bonheur,
Ces vrais trésors je les offre sans peine
A mes amis... à trois amis de cœur.
Une lanterne à l'aristocratie
A la cocotte un livre de Piron ;
Aux ennemis de ma muse chérie...
Je lègue enfin un joli mirliton !

J. BESSI.

LE REFRAIN DU BUVEUR

AIR: *Bon voyage, cher Dumollet.*

—

Mes chers amis, si nous voulons bien vivre
Ne craignons pas de faire des excès;
Car le bon vin dont le goût nous énivre
Nous fait défaut à l'ombre des cyprès.

> Pleins d'ivresse
> Et sans chagrin
> Disons en chœur, douce et folle jeunesse:
> Qu'on s'empresse
> Soir et matin
> De bien chanter la bouteille et le vin !

Puisqu'en buvant cette liqueur vermeille
Nous voulons tous l'honorer en ce jour,
Débouchons vite encore une bouteille
Pour y noyer nos maux et notre amour.

Chers compagnons, buvons bien en ce monde,
En vrai buveur, méprisons le trépas...
Que chaque jour chacun dise à la ronde:
Vive le vin ! — En aura-t-on là-bas ?

J'ai toujours soif, et je boirais encore,
Ne comptons pas le nombre des bouchons;
Buvons gaiement, buvons jusqu'à l'aurore
Et répétons, en joyeux folichons:

> Pleins d'ivresse
> Et sans chagrin
> Disons en chœur, douce et folle jeunesse
> Qu'on s'empresse
> Soir et matin
> De bien chanter la bouteille et le vin !

J. BESSI.

L'ESPOIR.

ROMANCE.

Air de Thérèse.

Plaignez, plaignez ma pénible existence,
Mon pauvre cœur gémit depuis longtemps ;
Jeunes beautés j'aime sans espérance...
Je souffre en paix... ma vie est sans printemps !

Pensant à vous je sens couler des larmes,
Tendres beautés qui voyez mes tourments,
Je trouve en vous des plaisirs et des charmes
Pour vous aimer que n'ai-je encor vingt ans !

J'espère en Dieu... j'espère en sa clémence,
En attendant ma chère liberté ;
Douces beautés je vous aime en silence...
Ne doutez pas de ma fidélité.

Ah! pardonnez à ma douleur profonde.
Il faut pleurer quand on est malheureux ;
L'amour me fuit... je suis seul en ce monde...
Priez parfois pour un pauvre amoureux !

Pour être aimé je donnerais ma vie,
Ciel! qu'ai-je dit? l'horizon n'est plus noir...
J'entends de loin une voix qui me crie :
« Mon cher amant, elle t'adore, espoir!!! »

J. BESSI.

C'est toujours la même chanson.

Air de Margot.

N'allez pas croire, ajourd'hui, que je vise
Au nom fameux d'écrivain sans pareil ;
J'ai pris enfin sagement pour devise :
Rien de nouveau sous notre doux soleil.
Je ne veux pas emboucher la trompette,
Ma lyre, amis, n'a qu'un bien faible son !
Je suis heureux, oui, si l'écho répète :
« Soir et matin, c'est la même chanson.»

Qu'on soit uni par l'amour, la tendresse
Ou rapproché par l'orgueil, l'intérêt ;
Le même état ou la même maîtresse
N'ont pas longtemps, oh! non, le même attrait.
On jure, on jure aux autels d'hyménée,
D'aimer de cœur toujours à l'unisson,
Et chacun dit à la fin de l'année :
« Soir et matin, c'est la même chanson.»

Un chansonnier, vous chante sa Lisette,
Son Apollon, Bacchus et les bons vins ;
Vive, il vous dit, la treille et la soubrette,
Vivez heureux, au diable les chagrins.
Il vous critique, il persifle, il invente,
Il est content comme un joli pinson,
Soit qu'il fredonne, ou qu'il parle, ou qu'il chante,
« Soir et matin, c'est la même chanson.»

Mes bons amis, la vie est insipide,
Si vous aimez le bruit, le changement;
Le Temps, le Temps dans sa course rapide :
Marche toujours, toujours également,
Chaque mortel végète sur la terrre,
Presque à peu près de la même façon;
L'on naît, l'on meurt et puis l'on nous enterre,
« Soir et matin, c'est la même chanson. »

J. BESSI.

LA BATAILLE DE NOVI.

Air : *O vous qui courez à la gloire.*

Depuis longtemps le sort des armes,
Favorisait tous nos combats;
La guerre avait pour nous des charmes
Tout enflammait nos bons soldats.
Mais aujourd'hui... plus d'allégresse,
Nous voici tous dans le souci,
Ah! quel malheur! belle jeunesse,
Pleurez la perte de Novi.

Plaignez-nous bien charmantes femmes,
Plaignez notre malheureux sort;
Si vous blâmiez de tendres flammes,
Douces beautés, vous auriez tort.
Vous qui courez après la gloire
Oh! quel combat que celui-ci,
C'est qu'en perdant, oui, la victoire
Il nous fallut laisser Novi.

L'affaire était carrément rude.
Plutôt mourir que d'avoir peur,
Nous avions déjà l'habitude
D'être partout toujours vainqueur.
Nous marchions tous au pas de charge,
Ce n'était pas encor fini.
Quel bruit confus! quelle décharge!
Quand il fallut perdre Novi.

Nos ennemis tous en furie
Portaient l'alarme et le malheur,
Nous combattions pour la patrie,
Mourir pour elle est un honneur.
On nous prit toutes nos ressources,
Nous étions tous à leur merci!
Tandis que l'un vidait nos bourses,
L'autre, ma foi, prenait Novi!

Que le destin nous fut contraire,
Partout le bruit fut répandu,
On gémissait sur cette affaire,
Enfin l'espoir nous fut rendu.
Cher nous coûta notre retraite,
Pour posséder ce sol chéri;
Sans compter l'argent, la défaite,
Il nous fallut quitter Novi.

Un grand sénat de jeunes femmes
Se rassembla rempli d'horreur,
L'on décrétât, oui, que les dames
Iraient combattre avec ardeur.
Nous partons; on bat les rebelles,
Nous les fesons filer d'ici...
Rassurez-vous, mes toutes belles,
On vient de nous rendre Novi!

                                    J. BESSI.

TABLE.

www.ingramcontent.com/pod-product-compliance
Lightning Source LLC
Chambersburg PA
CBHW060813180626
46818CB00002B/815